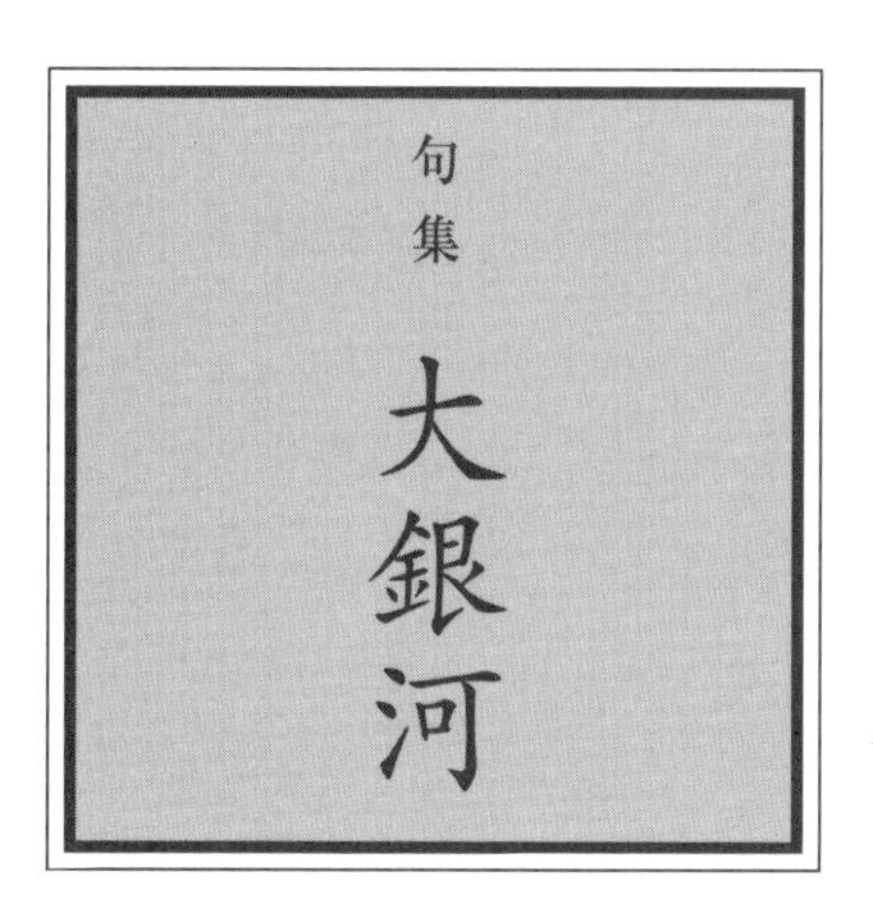

高田緑風

文學の森

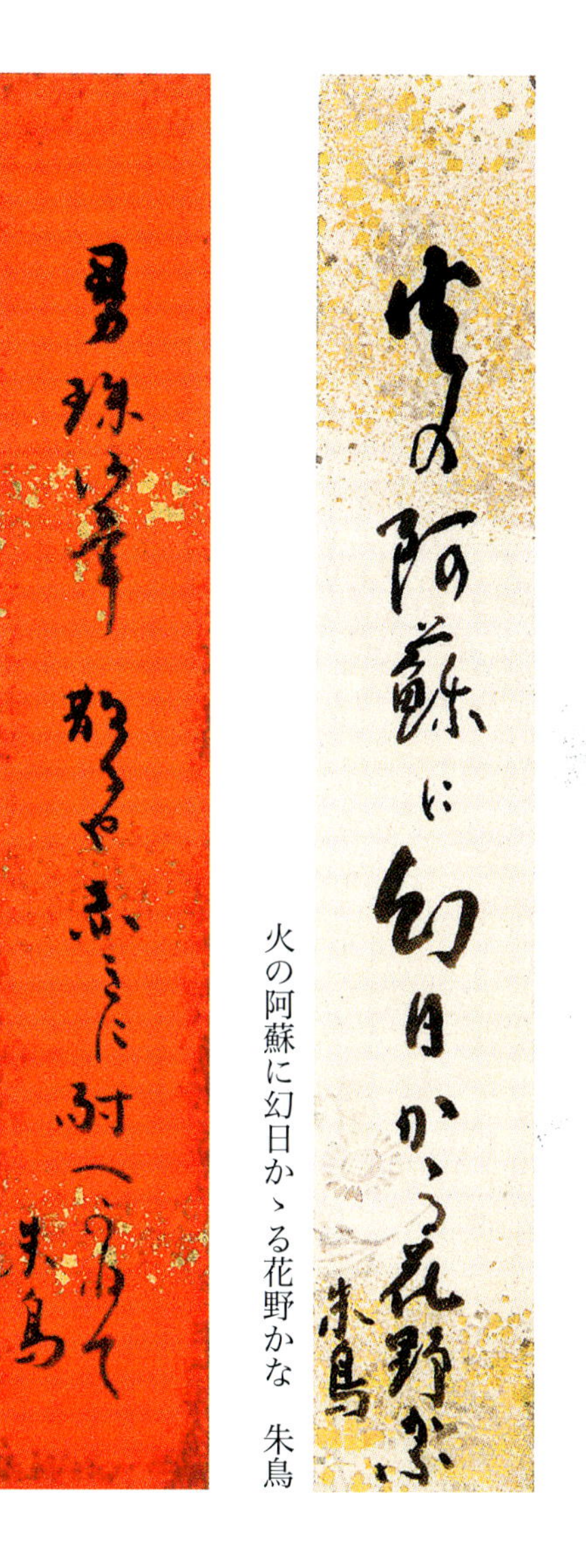

火の阿蘇に幻日かゝる花野かな　朱鳥

曼珠沙華散るや赤きに耐へかねて　朱鳥

あはれとは生きの験の春の暮　朱鳥

句集　大銀河　目次

装丁　毛利一枝

句集 大銀河

天井絵

平成十六年〜十九年

この道を征きて還らず稲の花

夏休みウサギ当番登校す

塩舐めて午後の草刈り始めけり

涼新た金管楽器拭きあげて

秋簾老妓しづかに住める路地
鍵束を鳴らしちちろの闇をゆく

陸地ちかくなり秋天に鳶ふゆる

新豆腐掌に滴らせ刃を入るる

秋の航海のマリアに十字切る

耶蘇墓を囲むみどりの冬菜畑

風花や片膝つきし石天使

日向ぼこかつて十尋の海女ふたり

大陸の軍馬還らず草萌ゆる

早春の風に回転干しの烏賊

さくら草かつてロシアの居留の地

夕霞文鎮のごと自衛艦

啓蟄や砂を盛りたる起工式

檻の鷲五月の空を仰ぎけり

浦上の緑陰どこも慰霊の碑

松蟬や祈りのごとく声和して

メロン出荷終へたる村の軽くなる
人あまた裁きし法学書を曝す

漁師町盆の三日も魚臭しぬ

大根蒔く午後の弔ひ思ひつつ

秋晴やをんなばかりの面浮立

耕人の遠きくしやみの聞こえけり

桜島いま火を噴くと初電話

信仰の島の明けゆく淑気かな

歌オラショ口ずさみつつ冬耕す

全身を鋼となして寒垢離す

木の芽晴竜馬ゆかりの男坂

鶴帰る真珠筏に声落し

桜鯛豪気に提げて男来る

里の子の啄むごとく土筆摘む

帰る鳥来る鳥ありて朱鳥の忌

梅二月天より享くる師の斧鉞

艦名の慰霊碑あまた花の雨

伊号一六六潜水艦は昭和十九年七月十七日
マラッカ海峡にて沈没し、初の慰霊祭にて

伊号一六六潜水艦忌蟬しぐれ

ほうたるを諸手囲みに童女めく

青き頭の少年僧や蟬時雨

日本に原爆忌あり明易し

天狗面外す農夫の日焼顔

清め塩髪膚に打ちて神輿発つ

全山の力を集め滝落つる

はるかなる秋耕ゆるき鍬づかひ

秋の野をゆつくり見せて納棺す

泡立草風の形に枯れ急ぐ

聖廟を覗く片手に時雨傘

布を織る焚き火に膝を温めて

葉隠の士魂をここに石蕗の花

火渡りの神事を待てる寒さかな

布巻きのエジプトミイラ冴返る

春風や音なく回る鉄風車

野を焼きて阿蘇の蠢動はじまりぬ

大漁を告げる無線や涅槃西風

冴返る和綴ぢほつるる犯科帳

鶏頭蒔く土の匂ひに身を屈め
達磨の目黒々と入れ風薫る

田水張り天満宮を水攻めに

街薄暑鉄の匂ひの船具店

雲仙も八合目なるほととぎす

緑陰に旅の途中のにぎり飯

鉄を打つ音はるかより梅雨曇

朝顔の蔓がまさぐる被爆の天

荒梅雨や湖底の魚のごと潜む

鍬一つ酷暑の畑に忘れあり

暑気払ひとて猪汁をもてなさる

白むくげ異郷に果てし陶祖の碑

奔放に暴れる萩を括りけり

秋晴や竹踊らせて蛇籠編む

秋冷に仰ぐ百花の天井絵

茶の花に息整ふる雁木坂

廃坑区巡り通草を下げて来ぬ

殿様の間より秋嶺仰ぎけり

蛇穴に混沌の世は振向かず

木の実落つ三井炭鉱正門跡

落葉籠

平成二十年〜二十一年

ホームステイに聞かす日本の手鞠唄

凧揚ぐる玄界灘の風を背に

凍て厳し帝政の世のロシア墓

風花や玻璃の中なる如来像

大寒と思へぬ空の青さかな

時計塔みんなが仰ぎ卒業す

春風や足湯に並ぶ膝頭

ここからは諏訪の神域山ざくら

大村キリシタン殉教地めぐり　七句

山つつじ藩主祈りの終焉地

夫婦滝音をたがへて落ちゆけり

殉教地の首塚胴塚

今年竹胴塚の地を貫けり

泣き羅漢笑ふ羅漢や風薫る

切支丹大名の町風薫る

惜命のこころに滝を仰ぎけり

松落葉こんなところに耶蘇の墓

浜木綿に片手触れゆく車椅子

花火終へ旧軍港の闇となる

老人に買はれてゆきぬ甲虫

夜の蛾の事切れてなほ眼の光る

爽涼やあの子が嫁を伴ひ来

吉野ヶ里遠まきにして蕎麦の花

撃たれたる猪に哀しき乳房かな

秋冷の巫女溜より稽古笛

秋深し松羅水軍隠れ島

冷まじや邪宗会議書朱の加筆

秋風や光陰炭鉱（やま）を消し去りぬ

蟷螂を摑むかつての捕吏の手に

初霜や膝より低き十字架（クルス）墓

雪を見る犬の鼓動を胸に抱き

大注連を綯ふ十人の声揃へ

新雪に少年脱兎のごと走る

鮟鱇の肉をたちまち削ぎ落す

読初めに朱鳥遺訓の助言抄

九州は西郷贔屓手鞠唄

磨る墨のほのかな匂ひ福寿草

末黒野や昔のままの塩の道

春風を塗りこむ壁の鏝さばき

海へ散るさくら戦艦大和の忌

花の雲遥かに水城防塁趾

薄紙を剝ぐごと春の季すすむ

人吉鍛練会　五句

薫風や町を見下ろす本丸址

春雨の町に流れる醤の香

川音の激するところつばくらめ

神楠の根に掃きためし春落葉

みほとけの里大根の花盛り

田植終へ村に安堵の灯が点る

噴水止めたちまち乾く裸婦の像

黴を拭く修羅場を駈けし警備靴

水口に逆らひつつも蝌蚪泳ぐ

帰省子に風のよき部屋譲りけり

三尺はいのちの高さ蟬の殻

稲は穂に島に耶蘇の田仏徒の田

雀の子地にあり襲はれはせぬか

黒島は信仰の島鷹渡る

爽やかにマリアの前のコンサート

園丁等憩ふ十個の落葉籠

鶏頭刈り庭の焦点失ひぬ

舟で来る神父を待ちて納めミサ

達磨菊

平成二十二年〜二十四年

城濠の田舟にすがり蓮根掘る

天空のよき風に乗り鶴帰る

田起しや雲の天頂より始む

鋤きし田の土の匂ひに雀群る

雪柳括りし紐を解き放つ

手斧から打ち出す木屑風光る

大試験終へて水族館巡る

野に放つ牛百頭と青き踏む

勾玉のごとき胎児にさくら咲く

れんげ草仔馬のごとく子等弾む

松陰の遊学ここに島若葉

平戸鍛練会　二句

夏帽子ジャガタラ文を黙読す

葉桜の坂を登城のごと登る

帰省の子どつかと男匂ひけり

忘られぬ母の戒め墓洗ふ

船魂を入るるオラショや鰯雲

じゆげむまだ覚えておはす生御魂

松本清張記念館にて

秋深し清張遺稿に朱の加筆

億年の火山灰積む畑に大根引く

佐賀バルーン競技会にて

遥かよりバルーン近づく冬霞

子に与ふ七草粥を吹き冷ます

素戔嗚となりてどんど火昂ぶらす

真白なる軍手に春の土なじむ

雪沓で集ふ建国記念の日

桃の日やこの嬰のために励まねば

泣くを知り笑ふも覚え初ひひな

花筵東郷元帥像の前

みどり子に初の憲法記念の日

日本の花種アッツ島に蒔く
武者幟畳む家紋を上にして

清流に晒す武者絵の大幟
両足を杭とし幟晒しけり

蛇の衣聖地の風に吹かれけり

薔薇の風机上に開く犯科帳

老鶯の声の躓く虚空かな

筍を諸手抱きして教師来る

飛魚攻めや海傾けて網を曳く

よろめけば草に縋りて草を刈る

荒神輿三百の磴駈け上がる

盆道を刈るみ仏の身幅ほど

復興の文字の溢るる星祭り

纜の太き結び目蜻蛉来る

西国や澄雄が詠みし曼珠沙華

紺碧の天の滴り葡萄熟る

義姉の百歳を寿ぎて

大銀河百寿の老いにきらめけり

爽やかに百一歳に歩み出す

種鶏頭政変記事の上に干す

中空は安心の位置秋の蜘蛛

断崖は太古の地層浪の花

昇竜のごと大注連を吊り上げぬ

ふるさとの大地に独楽を打ちにけり

火渡りに声明高き節分会

寒鰤を捌く女体の力乗せ

若者に追ひ越されつつ青き踏む

餌を漁る雉子遠目にも隙だらけ

百歳を庇ふ一枚簾かな

牡丹の散りし気配に振向きぬ

真青なる空を叩きて梅落す

筍掘る竹百幹のくらがりに

風鈴のよく鳴る風を楽しめり

実梅採り終はりし庭を巫女が掃く

爆死証明冷房展示室に眠る

水口の風が育てぬ余り苗

村しづか植田どこかに水の音

炎天の托鉢僧に影生まる

登山靴昨日の嶺に向けて干す

懐胎の娘を連れ茅の輪くぐりけり

水喧嘩駐在巡査の手に負へず

あめんぼう追ふ子囃す子見てゐる子

放浪の叔父の生涯墓洗ふ

鶴渡る居留地跡の空高く

オランダ塀イギリス塀と蔦紅葉

達磨菊福助菊と咲き揃ふ

秋納め棚田に水の音残し

牧童の声秋冷の牛を呼ぶ

更待や散骨によき海の色

聖堂に母子揃ひのちゃんちゃんこ

数珠玉は枯れつつ玉を育てけり

銀杏散る天の怒りに触れしごと

冬霞手擦れの椅子の沖を向く

青葉潮

平成二十五年〜二十六年

窯始め惜しまず桜榾焚きぬ

颯爽と黒の集団入社式

白魚を狙ふ漁師の振向かず

回遊の白魚を待つ四つ手網

花吹雪ジャングルジムは子等の城

青葉潮割つて潜水艦浮上

枇杷三個添へあり今日の患者食

天上の紺の滴りアガパンサス

緑陰に美術教師の椅子一つ

青空を画布とし皇帝ダリア咲く

山開き木花開耶姫の富士

抱きしむる子の温かし長崎忌

稲みのり瑞穂の国を膨らます
武骨なる種鶏頭を刈り残す

お茶目な子に駿の兆しや七五三

菊の香に米寿の胸を膨らます

寒の水豆腐崩さぬごと掬ふ

枯蟷螂石の温みに身じろがず

冬波やかつては城の荷揚げ波止

大根引く鋳型のごとき穴残し

白足袋の茶室しづかな裾捌き

泣き相撲よく泣きし子を褒めて抱く

英霊に季告ぐるごと梅ひらく

二十五万都市すつぽりと大霞

しろうをの万の眼が遡る

啓蟄や久しく研がぬ鎌の錆

廃校と決まりし丘のさくらかな

東征の志もて巣立ちけり

暖かし遺影に語りかけもして

磯料理手捌きかるき日焼海女

夏鶯庭師を囃すごと近く

記念館匂ふは黴か被爆衣か

慰霊碑に日傘傾け名を探す

尖塔のクルス煌めく蟬時雨

鹿の子百合に寄る黒蝶は神の使徒

夏山に向く上棟の白破魔矢

ヘルメット地に転がして三尺寝

月今宵螺子のゆるみし椅子軋む

大銀河より授かりし稚を抱く

豌豆蒔く里のくんちを目途として

蟋蟀やいつか独りとなるこの家

風渡る芒の奥に耶蘇の墓

地球儀に小さき日本の小春かな

朱鳥師の〈降る雪や地上のすべてゆるされたり〉ありて

降る雪や亡き師の一句呟きぬ

年の瀬の景気に弾む台秤

春障子

平成二十七年以降

恵方とて杖の百歩を進めけり

喧嘩独楽観光客に負けにけり

受験子を運ぶ離島の船着きぬ

戴帽式の聖ローソクや春来る

春障子般若心経低唱す

遠足の子の列動物園に着く

櫛入れしごと垂れ揃ふ藤の花

出港す野焼きの島を左右に見て

観光船見送る日傘遠ざかる
接岸の大波受けし海月かな

青葉潮観光船のすれ違ふ

緑陰に撃たれしごとく獅子眠る

峰仰ぐ補植の早苗掌にもちて

日本は半旗に沖縄慰霊の日

薔薇の屑詰めし袋の膨らめり

蟬しぐれ校門残る廃校跡

海の日の雨煌めきて海に降る

作り滝にも日輪の照り翳り

竹林の揺れに沈みて夏館

河鹿鳴く特攻基地のありし野に

帰省の子まづはピアノの蓋開く

オルゴール人形舞ひぬ秋灯下

山国の雲が雲追ふ葛の花

この坂がこの樹が語る長崎忌

長き祈り被爆マリアの足に触れ

身構へし蟷螂の影草の影

風紋の真ん中に立ち秋惜しむ

柿を捥ぐ棹ゆらゆらと空探る

わだつみの声の岬や野紺菊

捨て案山子竹の五体のあらはなる

胸に背に柚子遊ばせて湯に浸る

海の灯が山に連なる聖夜かな

降誕祭机上に開くマタイの書

聖菓とて星の形のビスケット

朴落葉踏みその音を楽しめり
隧道を抜けて眩しき恵方かな

山又山その山神に初詣

太古より神在る杜の淑気かな

初みくじ九十歳を生きむとて

甕並ぶ庫裡の水餅匂ひけり

若草にみどり児の靴蝶のごと

あとがき

私は今年卒寿を迎えました。大きな病もありましたが、今健康にしてこの日を迎えられたことに感謝しています。

俳句を始めたのが、長崎県警察の警察官となってからですからすでに六十年をすぎています。昭和二十五年、佐世保署に新任として赴任した際、俳人犬塚皆春・犬塚春径のご兄弟がおられ、その句会に参加させて頂いたのが始まりです。警察官として三十二年を勤めましたが、事故も無く皆様に愛されて来たことは俳句という余技を続けたことが大きな支えであったと感謝しています。平成十六年傘寿記念として第一句集『天の鶴』を発刊しました。これは現職中の警察職場俳句も多く取り入れ、俳誌「菜殻火」に投稿の句や、各種大会での句を掲げています。顧みて、やや固さの感もありましたが職場俳句の参考になるものと思っています。

この度の第二句集は公職も第二の職場も離れての作品ですから第一句集よりも自然と平穏な句が選べたと思っています。

この句集発刊については長年連添った妻の大きな援助があったことと、

結社の主宰や皆様のご指導ご援助があってのことと感謝しています。すこしでも皆様の参考になれば幸いです。

第二句集名を「大銀河」としましたのは、義姉の百歳のお祝いとして〈大銀河百寿の老いにきらめけり〉の句を贈りました。また、九州俳句大会にてもこの句が選者特選第一席となったことから、その歓びをこの句集にもいれたいと思ったものです。

なお巻頭の序に野見山ひふみ師のご了解を得て故野見山朱鳥師の短冊の三句を掲載させて頂きました。

「水城野」の大里えつを主宰にはお忙しいなか句稿をご覧いただき、校正など親切にご指導頂き感謝しております。有難う御座いました。

これを機に今後も作句に弾みをつけ健康であるかぎり俳句と親しみ継続したいと念願しております。「文學の森」の皆様にも懇切丁寧なご指導お世話頂きましたことお礼申し上げます。

平成二十八年　初夏

髙田緑風

著者略歴

高田緑風（たかだ・りょくふう）　本名　輝雄（てるを）

大正14年　長崎県佐世保市生まれ
昭和37年　野見山朱鳥主宰「菜殻火」入会
　　　　　続いて野見山ひふみ主宰に師事
昭和51年　「菜殻火」同人
昭和58年　俳人協会会員
平成16年　句集『天の鶴』発刊
平成17年　佐世保文学賞・長崎県文学特別賞受賞
　　　　　菜殻火賞受賞
平成27年　「菜殻火」終刊により「水城野」に同人参加

現 住 所　〒857-0142　佐世保市野中町 364
電　　話　0956-40-7010

句集　大銀河（だいぎんが）
平成二十八年七月二十一日　発行

著　者　髙田緑風（たかだりょくふう）
発行者　大山基利
発行所　株式会社　文學の森
〒一六九-〇〇七五
東京都新宿区高田馬場二-一-二
田島ビル八階
電　話　〇三-五二九二-九一八八
FAX　〇三-五二九二-九一九九
ホームページ　http://www.bungak.com

印刷・製本　竹田　登

ISBN978-4-86438-551-0 C0092